VENTE DU MARDI 4 FÉVRIER 1890

HOTEL DROUOT, SALLE N° 3

ÉTOFFES ANCIENNES

TAPISSERIES

EXPOSITION PUBLIQUE

Le Lundi 3 Février 1890

COMMISSAIRE-PRISEUR	EXPERT
M° PAUL CHEVALLIER	M. CHARLES MANNHEIM
10, rue Grange-Batelière, 10	7, rue Saint-Georges, 7.

CATALOGUE

DES

ÉTOFFES ANCIENNES

VELOURS, SOIERIES, BRODERIES

GALONS — DENTELLES

Tapisseries

DONT LA VENTE AURA LIEU

HOTEL DROUOT, SALLE N° 3

Le Mardi 4 Février 1890

A 2 HEURES

Mᵉ PAUL CHEVALLIER	**M. CHARLES MANNHEIM**
COMMISSAIRE-PRISEUR	EXPERT
10, rue de la Grange-Batelière, 10	7, rue Saint-Georges, 7

EXPOSITION PUBLIQUE

Le Lundi 3 Février 1890, de 1 heure à 5 heures 1/2

CONDITIONS DE LA VENTE

Elle sera faite *expressément* au comptant.

Les Acquéreurs payeront CINQ POUR CENT en sus des adjudications, applicables aux frais de la vente.

L'Exposition mettant les acquéreurs à même de se rendre compte de l'état et de la nature des objets, il ne sera admis aucune réclamation une fois l'adjudication prononcée.

Paris. — Imp. de l'Art, E. Ménard et Cie, 41, rue de la Victoire.

DÉSIGNATION DES OBJETS

VELOURS

1 — Lot de quinze mètres d'ancien velours cerise avec applications de drap d'or et de broderies de couleurs.

2 — Coussin en velours rouge ciselé à quadrillages.

3 — Morceau carré de velours rouge ciselé à rubans sur fond blanc.

4 — Fort lot de fragments de velours variés de nuances : étoles, manipules, etc.

5 — Deux petits carrés de velours rouge bouclé or et argent, sur fond de drap d'or. Fin du xve siècle.

6 — Deux panneaux de velours ponceau, avec chiffre et ornements brodés d'or.

7 — Carré de velours ciselé rouge à ramages sur fond blanc.

8 — Beau morceau en deux lés de velours violet frappé, à fenestrages, palmettes et fleurons. xve siècle. — Long., 1 m. 60 cent.

9 — Carré de velours vert ciselé à palmettes semées sur fond rose.

10 — Bande de velours vert à fleurons tissés d'or.

11 — Chasuble en velours vert ciselé à palmettes et entrelacs.

12 — Sac en velours rouge avec galon d'or.

13 — Sac en velours vert avec glands.

14 — Lé de velours rouge frappé à fleurons et palmettes.
xve siècle.

15 — Quatre lés de velours à parterre à réappliquer —
Haut., 1 mètre.

16 — Deux lés de velours à la couronne rouge et jaune, de
1 m. 50 cent. chacun en hauteur. xvie siècle.

17-18 — Divers morceaux de velours de différentes époques.

ÉTOFFES DIVERSES

19 — Bandeau en tapisserie de Beauvais dentelée en forme
de lambrequins, à décor de fleurs, fruits et ornements de
couleurs variées sur fond jaune paille ; la bordnre sur
fond rouge. — Haut., 21 cent.; long., 4 m. 50 cent.

20 — Deux rideaux en damas de soie rouge à grands ramages.
— Haut., 2 m. 50 cent.

21 — Portière en brocatelle jaune, à deux lés, à grands ramages. — Haut., 2 m. 70 cent.

22 — Lé de satin rose brodé argent. — Haut., 2 m. 30 cent.

23 — Lot comprenant douze morceaux de satin jaune, à médaillons d'oiseaux, pour sièges. Époque Louis XVI.

24 — Morceau d'étoffe orientale à zigzags de couleurs. —
Larg., 1 m. 85 cent.; long., 1 m. 10 cent.

25 — Morceau de brocart à ramages d'or et de couleurs sur
fond de satin orangé. — Long., 2 mètres.

26 — Lot en plusieurs morceaux de brocatelle rouge à grands ramages. Époque Louis XIV. — Larg., 90 cent.; longueur environ 36 mètres.

27 — Couverture en brocatelle rouge et jaune à ramages, en trois lés. — Haut., 2 m. 70 cent.; long., 3 mètres.

28 — Chaperon en brocart d'or et d'argent, à feuillages et rubans.

29 — Carré de soie à fond rayé bleu et semis de fleurettes tissées d'or et d'argent.

30 — Carré de brocart d'argent rehaussé de vert, à palmettes.

31 — Lé de satin vert à feuillages et vases de fleurs brochés jaune. — Long., 1 m. 80 cent.

32 — Carré de soie verte à rinceaux brochés vert clair et semis de fleurettes tissées d'argent.

33 — Carré de soie rouge brochée à semis de fleurettes blanches.

34 — Carré de soie rouge brochée à rayures et points bleu, jaune et blanc.

35 — Grande couverture en brocatelle, à ramages verts et jaunes alternant avec des rayures rouges, blanches et vertes, bordée de galons et de franges jaunes. — Haut., 3 mètres ; larg., 2 m. 70 cent.

36 — Deux portières en brocatelle jaune à grands ramages. Époque Louis XIV. — Haut., 1 m. 25 cent.; larg., 85 cent.

37 — Quatre rideaux de damas rouge à grands ramages et vases, à deux lés chacun. Époque Louis XIV. — Haut., 2 m. 50 cent.

38 — Lé de lampas à fleurs roses tissées d'or et d'argent sur fond rouge.

39 — Deux rideaux de damas rouge à ramages, en deux lés chacun. — Haut., 3 m. 25 cent.

40 — Carré de soie crème à fleurs brodées au passé en couleurs, et monogramme du Christ, tissés d'or.

41 — Bande en hauteur de satin crème, présentant un saint moine brodé au passé, avec chairs peintes, dans un encadrement de fleurs et rinceaux brodés au passé en couleurs et tissés d'or.

42 — Carré de soie bleuâtre, avec écusson central et encadrement de rinceaux brodés au passé en couleurs et tissés d'or.

43 — Lot de broderies or et argent destinées à être appliquées.

44 — Lot de broderies en argent et couleurs destinées à être appliquées.

45 — Carré de soie crème présentant, au centre, le monogramme du Christ brodé en soie jaune, dans un encadrement de fleurs et rinceaux brodés au passé en couleurs.

46 — Lé de soie crème, avec encadrement, sur trois côtés, de fleurs brodées au passé en couleurs et tissées d'or.

47 — Morceau de satin crème présentant une Pieta peinte dans un encadrement de motifs rocaille tissés d'or.

48 — Bandeau de belle broderie de soie au passé sur filet, décoré de vases de fleurs alternant avec des arcades, et, en bas, d'une rangée de fleurs alternées et d'une série d'arcades contenant chacune des bouquets. Époque Louis XIII. — Haut., 62 cent.; larg., 8 m. 60 cent.

48 *bis.* — Tapis de broderie au passé, de travail semblable au numéro précédent. — Haut., 1 m. 65 cent.; larg., 1 m. 25 cent.

49 — Carré de soie crème à fleurs brodées au passé en couleurs et tissées d'or.

50 — Carré de mousseline brodée, à semis de fleurs et oiseaux de soie violette.

51 — Deux rideaux en damas rouge à ramages. — Haut., 2 m. 65 cent.; larg., 1 m. 92 cent.

52 — Carré de filet brodé en couleurs, à dessin symétrique.

53 — Lot de brocart rouge et or, à couronnes, feuillages et palmettes. — Long., 23 mètres.

54 — Fort lot de damas rouge à ramages.

55 — Lot de brocatelle verte à fond crème.

56 — Lot de 48 mètres de satin jaune à fleurs marron et blanc, en seize lés de 3 mètres. Époque Louis XVI.

57 — Lot d'environ 111 mètres de brocatelle rouge et jaune à grands ramages. Époque Louis XIV. (Ce lot sera divisé.) — Larg., 63 cent.

58 — Lot d'environ 125 mètres de belle brocatelle rouge et jaune à ramages. Époque Louis XIV. (Ce lot sera divisé.) — Larg., 74 cent.

59 — Deux lambrequins en damas rouge, l'un avec franges jaunes.

60 — Trois couvertures en toile de l'Inde, brodée de fleurs en couleurs au point de chaînette.

61 — Lot de damas rouge à ramages. Époque Louis XIV.

62 — Beau tapis de table en point de Hongrie, décoré de fleurs, fruits et entrelacs sur fond crème.

63 — Paravent à cinq feuilles recouvert sur une face de broderie au petit point à fleurs, colonnettes et motifs rocaille, et sur l'autre face d'une doublure brochée à fleurs.

64 — Lot de dentelles anciennes. (Ce lot sera divisé.)

65 — Deux tapis de table en guipure.

66 — Fort lot de guipures. (Ce lot sera divisé.)

67 — Galon de filet brodé à fleurs jaunes.

68 — 52 mètres de galon de soie jaune.

69 — 16 m. 50 cent. de franges rouges à grille.

70 — 5 mètres de galon de velours à parterre.

71 — 15 mètres de franges à grille rouge et jaune.

72 — Fort lot de franges, galons, etc. (Ce lot sera divisé.)

73 — Environ 300 mètres de galons de velours rouge sur soie crème. (Ce lot sera divisé.)

74 — Nappe d'autel en toile brodée à vases de fleurs en rouge avec la date 1721.

75 — Morceau de damas rouge à feuilles et fruits.

76 — Quatre pièces : deux dossiers et deux sièges en tapisserie d'Aubusson, à fleurs. Époque Louis XVI.

77 — Deux pièces : siège et dossier en tapisserie de Beauvais, à médaillons à sujets tirés des fables de la Fontaine. Époque Louis XVI.

78 — Galon en filet à rinceaux jaunes et rouges.

79 — Galon de toile brodée à entrelacs réguliers en rouge.

80 — Bande de filet à dessins géométriques brodés.

81 — Quatre fragments de bergère en tapisserie de Beauvais, à branches fleuries sur fond blanc. Époque Louis XVI.

82 — Deux bonnets vénitiens en filet brodé.

83 — Fort lot d'étoffes diverses. (Ce lot sera divisé.)

84 — Chemise turque en mousseline blanche.

85 — 4 mètres de satin crème.

86 — Trois pièces : portière de Caramanie et deux tapis d'Orient. (Ce lot sera divisé.)

87 — Beau lot de six grandes couvertures brodées au passé sur soie jaune à fleurs et ramages. Époque Louis XIV.

88 à 90 — Lots de brocatelle rouge à ramages. XVIIe siècle. Environ 240 mètres. (Ces lots seront divisés.)

91 — Coussin en satin rouge recouvert de guipure ancienne.

92 — Quatre housses de chaise en damas jaune Louis XIV.

93 — Deux portières de deux lés chacune, en brocatelle rouge, à ramages du temps de Louis XIV, garnies de galons de velours et de franges. — Haut., 2 m. 90 cent.

94 — Dix mètres galon de velours cramoisi. XVIIe siècle.

95 — Cinq mètres galon de velours cramoisi. XVIIe siècle.

96 — Vingt mètres environ petit galon de velours grenat à torsades.

97 — Morceau carré de broderie or et couleurs. XVIIe siècle.

98 — Grande tapisserie en largeur, représentant des feuillages, plantes, fleurs, oiseaux, etc., en couleurs vives et variées, avec bordures à décor de fleurs et de fruits sur fond rouge. Fin du XVe siècle.

99 — Petite tapisserie rectangulaire en hauteur : personnage vêtu à l'antique assis aux pieds d'une femme debout. XVIIe siècle.

100 — Grande tapisserie à quatre personnages : scène biblique, avec bordure d'amours, vases de fleurs, animaux, fruits, sur trois côtés. XVIIe siècle.

101 — Grande tapisserie à nombreux personnages sur fond de verdure et maisons à l'allégorie du mois de décembre ; bordure de fleurs et amours. XVIIe siècle.

102 — Deux coupes de soie crème de dimensions différentes, à branches de fleurs brodées en soies multicolores et lamées de métal.

103 — Devant d'autel Louis XIII en lampas saumon, à larges ramages crème, rehaussés de couleurs vives, galon jaune.

104 — Devant d'autel de soie crème, à larges fleurs en soies de couleurs brodées au passé et à rubans et motifs lamés de métal, avec le monogramme du Christ au centre.

105 — Tapis rectangulaire en satin rose, décoré de nombreuses branches de fleurs brodées en métal et couleurs dans des compartiments contournés. Travail oriental.

106 — Petit tapis rectangulaire Louis XVI, en soie crème à rayures brochées et tissées de métal et à bouquets et guirlandes de fleurs brodées en couleurs et métal, avec bordure de dentelle de métal.

107 — Couvre-lit en soie Louis XVI, à fleurs et rayures brochées en couleurs sur fond crème avec bordure de soie rose festonnée.

108 — Couvre-lit en lampas bleu à ramages lamés de métal, avec fleurettes brochées en couleurs et bordure de galon jaune.

109 — La Vierge debout tenant l'Enfant, broderie au passé en couleurs, les chairs sont en étoffe peinte.

110 — Longue bande de satin ponceau, à rinceaux et vases de fleurs appliqués en couleurs et métal et bordés d'un cordonnet métallique.

111 — Bande de soie rosée à ramages lamés de métal, bordée d'étroit galon jaune.

112 — Couvre-lit en soie Louis XVI, brochée à fleurs et rayures en couleurs sur fond crème, avec bordure de volant de même étoffe.

113 — Tapis rectangulaire en soie verte avec encadrement de dentelle métallique.

114 — Couvre-lit en soie bleue à larges fleurs brochées en couleurs et métal, avec bordure plissée.

115 — Douze morceaux de velours de Gênes, à ramages rouges sur fond jaune, formant la garniture d'un canapé et de deux fauteuils, avec passementerie assortie.

116 — Environ 8 m. 25 cent. de galon lamé de métal.

117 — Trois fragments de velours rouge, à rinceaux et vases de fleurs brodés et lamés de métal.

118 — Lot de fragments d'étoffes diverses : soie, velours, etc.

119 — Lot de galons et effilés.

120 — Bande de velours de Gênes à motifs en couleurs sur fond blanc, doublée de même, avec franges de mêmes couleurs.

121 — Tapis d'Orient à fleurs sur fond rouge.

122 — Tapis de Smyrne à fleurs sur fond bleu.

123 — Carpette d'Orient à motifs réguliers.

124 — Tapis de fourrure à tons fauves et blancs.

125 — Tapis de fourrure noire.

9 782329 359250